IN SOLITUDINE

BRUNA
(LAURA CLEMENTINA MAIOCCHI)

IN SOLITUDINE

"Ô laissez-moi sans trève écouter ma blessure

Aimer mon mal, et ne vouloir que lui!"

PRESENTAZIONE

Ho brune treccie, fronte spazïosa,

occhi neri, vivaci, lunghe ciglia,

naso aguzzo, sottil bocca vermiglia

al ridere soverchio assai ritrosa.

Piccola mano che di rado posa,

guancia che facilmente arde ed ingiglia;

un aspetto di timida giunchiglia,

un'alma appassionata, coraggiosa.

Talor furba ed arguta, spesso mesta,

assorta. Pigra ognora ne li accenti,

pronta troppo in oprare; mai non celo

i tripudî del cor e la tempesta.

Passano i giorni miei pallidi, lenti.

Vissi nel fuoco ed or vivo nel gelo.

PAGINE DOLOROSE

Come, ahi come o natura il cor ti soffre:

Di strappar da le braccia

All'amico l'amico

Al fratello il fratello,

la prole al genitore,

All'amante l'amore; e l'uno estinto

L'altro in vita serbar?

G. LEOPARDI

L'AMICA

Deh lascia, amica, lascia ch'io rimanga

qui sul tuo cor che sa l'angoscia mia;

lascia che silenziosa io pianga, pianga,

mentre parli di lui, dolce Sofia.

Ti prego, parla, tu che sei la buona

sorella del mio povero diletto;

tanto soave all'anima risuona

la voce tua, così piena d'affetto.

Dammi la mano, lascia ch'io la baci

poi ch'ella chiuse gli occhi suoi sì belli!

E fa che lieve sfiori i miei capelli.

Oh gentile carezza! – Perchè taci?

Ch'io sia tranquilla? Sì; mite un sopore

a poco a poco gia tutta mi prende;

anche il pianto, lo vedi? più non scende,

ma lascia ch'io rimanga sul tuo core.

NENIA

Dormite occhi lucenti.
Io piango, e veglio intanto
trascinandomi a lenti
passi pel campo santo.
Ecco i bei fiori aulenti;
voi li amavate tanto,
occhi vaghi lucenti!
Se vedeste che incanto
sono i prati fiorenti!
Ondeggia il verde manto
al passare dei venti.
Ma non sa questo canto
dirvi gli allettamenti
del novo maggio. Infranto
ho il core, da che spenti
vi nascondete, e un pianto
dalle labbra silenti
oggi m'esce soltanto.
Dormite occhi lucenti.

RAMMENTI?

A Sofia C...

Fra i cipressetti roridi

de la pioggia recente,

rosignoli cantavano,

e un acre odor spandevano

nell'aere tepente

le siepi malinconiche.

Noi entrammo. Tremavano

commossi i nostri cori,

e i passi vacillavano.

Rammenti, o dilettissima,

di quanti freschi fiori

adornammo quel tumulo?

Poi ci prostrammo, pallide,

l'una dell'altra accanto.

Tu pregavi; le lagrime

dagli occhi miei scendevano.

E i rosignoli intanto

cantavano, cantavano.

O FIORELLINO...

O fiorellino umile

sbocciato al campo santo,

t'ha destato l'aprile

o una stilla di pianto?

Quanti fuggenti spetri

ti passarono accanto?

Quanti bruni ferètri?

Di che intenso pallore

ti ricopri! Dei tetri

cipressi fra il sopore,

hai tu forse sognato

il mio grande dolore?

Io so ben che vegliato

hai fedele vicino

al bianco marmo amato,

umile fiorellino,

e a mirarti rimango

a lungo, il capo chino,

e piango. piango, piango!

PRIMAVERA DOLENTE

I.

– A Lella –

Ecco il raggio d'april che desta i fiori,

e gli augelletti a rïamare invita;

suona di lieti trilli la fiorita

macchia dei sicomori.

Ecco le piante fluttuare ai venti

quali vessilli in tempo d'esultanza;

oggi riede al sorriso, a la speranza,

il core dei viventi.

Tu pure tanto desïasti questa

primavera, pensando che in allora

svanirebbe il ponsier che m'addolora;

ma vedi? ancor son mesta.

Poi che di quella voce il dolce suono

più non m'è dato udir, poi che i fulgenti

occhi che la mia luce erano, spenti,

ohimè, per sempre sono;

nessun'altro splendor l'anima mia,

nessun canto sarà che più mi allieti;

niuna dolcezza sarà mai che acqueti

l'immensa nostalgia!

II.

Guarda di che pallor soffuso è il cielo

oggi! Guarda, come al passar del vento

un tremor vïolento

sovra il gracile stelo

hanno i giacinti. Nel silenzio pieno

di mestizia, sol risuona lontano,

fioco, un canto, che a mano

a mano viene meno.

Oggi è dolente il giovinetto aprile:

tale il mio cor; giovine e mesto tanto!

Tu 'l perchè sai, che il pianto

mio tergesti, o gentile.

Sai come solamente una lïeve

traccia odorosa resti nel mio core

ove il fragrante fiore

visse una vita breve....

Povero amore! Come il canto manca

laggiù, sfuma il ricordo; e un'infinita

tenebra la mia vita

avvolge, e sono stanca!

Oh cara, che mai dissi? Deh perdona!

Dimentica la mia triste parola.

Molto, molto consola

d'una sorella buona

la tenera carezza. Tu sarai

il mio conforto; rasserena il viso;

forse verrà un sorriso

per me ancora. Vedrai......

ALBA TRISTE

L'alba pura, la pallida
alba temuta, torna.
Già la terra s'adorna
di cento stille tremule.

Gli augelli si ridestano
sommessi bisbigliando,
e al primo lume blando
i fiori si dischiudono.

A poco a poco penetra
fra le imposte serrate
la luce. Le abbassate
ciglia, lente si levano.

E pur s'indugia l'anima
nel tenue sopore;
ah mai del sonno l'ore
così ratte passarono!

E già riprende a fremere
affannosa la vita.
Ecco, la mia ferita
ancora ancora sanguina!

Anima, l'alba pallida,
l'alba temuta, viene.
Raccogli le tue pene,

cammina, e senza lagrime.

MATTINATA

Sotto la tua finestra io passo, e levo

lo sguardo desïoso.

Piccolo bianco viso,

occhi di fioraliso,

ancora nel riposo?

Da l'erbe molli la rugiada io bevo.

E tu, bocca rosata,

perchè rimani immota?

Chè non trilli la nota

amorosa ballata?

Sotto la tua finestra, al giovin sole,

la mia falce lampeggia.

Scendi fiore di maggio,

al mattutino raggio,

sul prato che verdeggia.

Muta finestra, come il cor mi dole

in questo appello vano!

E come all' azzurrino

ferro, cade vicino

fiore su fior, man mano!

CANTO VESPERTINO

Canzone dolorosa

esci dal cor ferito,

già nel cielo infinito

svanì l'ultima rosa.

Va coll'onda sonora

o sospiro dell'alma,

ne la gentile calma

di questa pallid'ora.

Rechi lïeve brezza

la mia debole voce

presso l'amata croce,

come blanda carezza.

Salve, luce che muori,

quel marmo immacolato

sia protetto e vegliato

da le stelle e da i fiori;

e ne l'aer silente

de la tranquilla sera,

salga, quasi preghiera,

la canzone dolente.

SESTINA ELEGIACA

........Oh quante volte

In ripensar che più non vivi, e mai

Non avverrà ch'io ti ritrovi al mondo

Creder nol posso!.......

LEOPARDI

Che val ch'io copra ognor di nove rose

de la tua fredda tomba il freddo marmo?

Che val ch'io pianga tutte le mie lagrime,

e che ti chiami, che t'invochi, amore?

Tu nulla sai, non sai ch'è mite il sole

di già, che sboccia il fior. S'apre a la speme

oggi ogni core, ma per me la speme

è vana cosa. Un dì m'ebbi le rose

io pur, a cento, a mille; allora il sole

te carezzava, non il muto marmo!

Ma i dolcissimi giorni de l'amore

sono finiti. Ora non ho che lagrime.

E tu che dormi, non le sai le lagrime,

nè questa de la morte ardente speme

che m'incalza vieppiù, mentre l'amore

ride nel mese lieto de le rose.

Tu dormi, dormi, e invano lambe il marmo

e ti chiama un gentil raggio di sole.

Tu dormi, dormi! Di mia vita il sole

17

è tramontato! Molli i fior di lagrime,

non di rugiada, giaccion sovra il marmo.

Io piango desolata senza speme.

Non vedon gli occhi tuoi le belle rose,

nè più il tuo cor palpiterà d'amore.

Care pupille, che con tanto amore

mi fissavate, più del vivo sole

lucenti, ed or a l'ombra de le rose

chiuse per sempre! Ed ora senza lagrime

per sempre! Dolce core in cui la speme

fioriva un giorno, immobil come il marmo

ora per sempre! Almeno accanto al marmo

morir potessi di dolor, d'amore,

novella Fiordiligi, e con la speme

ne l'alma salutar l'estremo sole;

e presso a te versar l'ultime lagrime,

e presso a te sfogliar l'ultime rose.

Forse altre rose attendon oltre il marmo,

non più lagrime; e tu mi attendi, amore,

sott'altro sole, con novella speme!

PER UNA FOTOGRAFIA

Questi son quei begli occhi che mi stanno

sempre nel cor con le faville accese

perch'io di lor parlando non mi stanco.

PETRARCA

O immagine gentil del mio perduto

che il sole inconscio pinse dardeggiando,

io ti contemplo, amato viso muto

da gli occhi luminosi, e penso quando

t'abbelliva un fuggevole sorriso,

e le tue labbra con accento blando

ripetean il mio nome. O caro viso

dagli occhi luminosi! O mia dolcezza!

A traverso le lagrime ti fiso;

tu non mi guardi, e il core mi si spezza!

L'ABETE

Ero bambina il giorno in cui ti vidi
piantare innanzi a la finestra della
mia stanza, abete, ed una pianticella
gracile tu parevi. I lievi nidi

non ti affidava ancor la capinera.
Il piccolo giardino adombri or quasi
tutto, mio forte amico, e sono invasi
i tuoi rami d'augelli, a primavera.

Io fra le verdi e ruvide tue chiome
so l'aure tepidette e profumate,
so le spere di sol che son passate;
so il gelo sotto cui curvate e dome

giacquero tante volte. Ma tu ignori
le mie vicende. Non sapesti mai
tu quella speme che nel cor cullai,
e i fugaci sorrisi, e i mille fiori

che mi promise un sogno; nè l'intenso
dolore che mi fa piegar sfinita,
mentre s'eleva ognora forte, ardita,
la tua cima a goder l'azzurro immenso.

MELANCONIA

Usque dum vivam....

Pei sentieri ove giaccion le cadute

foglie a strati lïevi,

sotto le rame quasi brulle e mute.

aspettanti le nevi,

fra un dïafano vel di nebbie, vado.

Una mestizia intensa

l'anima penetrare a grado a grado

sente, e dubbiosa pensa:

 De la vita l'autunno già m'incombe?

queti non dormon forse

e sorrisi e speranze ne le tombe?

Altra gioia non sorse

di poi nel gran silenzio de lo stanco

core. Profondo cielo,

quanti fiori vedesti sotto il bianco

gel piegare lo stelo!

quante pupille farsi lagrimose!

Ma in breve, nel verziere

a cento a cento rifiorîr le rose,

e di nuovo piacere

brillâr quegli occhi già tanto dolenti.

Ma non così il mio core.
Pregai, pregai con fiduciosi accenti,
(e concesse il Signore)

pregai che il mio dolore con la vita
dileguasse soltanto.
La calma venne, ma la gran ferita
sanguina ancora, oh quanto!

E sarà così sempre. Il nebuloso
autunno ora m'accoglie.
Cadon lente sul mio capo pensoso,
chino, l'ultime foglie.

LA SCONSOLATA

È questa la finestra abbandonata

da chi aspettante s'affacciava ognora,

la gentile finestra che s'infiora

ne l'aprile di glicine odorata.

Salgono tortüosi, e la vetrata

tentano invano i brulli rami ancora,

ma non apre la pallida signora,

triste, presso il camino accoccolata.

Quando ritornerà l'allegra festa

dei mille fiori al freddo davanzale,

e le rondini, e i canti, e lo splendore,

ella non leverà la fronte mesta,

sorrisi non avrà pel floreale,

perchè senza speranza è il suo dolore!

OH PRIMAVERA!...

Oh primavera!... Che profumo intorno,
che splendore nel cielo sconfinato!
Da la finestra vedo il verde prato
che invita, di corolle nove adorno.

Ecco, soave aprile, ecco, ritorno
a còrre i fiori tuoi sotto il dorato
raggio, ma non l'assente inoblïato
meco verrà, come soleva un giorno.

Più non verrà. Lontano egli è cotanto!
Dove, non so, (terribile mistero)
ma so che al tuo sorriso non sorride

e l'allegrezza mia si muta in pianto.
Siccome falce i fior, questo pensiero
ogni gioia dell'anima recide!

L'INTIMO DOLORE

Passammo sotto il pergolato, lente

lente e tranquille, l'una all'altra accanto;

furtivo a noi venia di tanto in tanto

un luminoso raggio. Indifferente

era il nostro parlar, ma ne la mente

dominava un pensiero (ahi triste quanto!)

l'anima mia si dissolveva in pianto

e ne tremava il core che non mente.

Quel pensiero dicea: – Quì, senza lena

l'ultima volta ei venne, in mezzo ai fiori,

e a quest'ombra posò, sfinito e bianco. –

E pur non vacillai; stava al mio fianco

una madre, cui son tutti i dolori

del mondo noti, placida e serena.

PAGINE BLANDE

"Piansi, non piango: io dormirò: sia pace!"

(Poemetti) G. PASCOLI

SOLITUDINE

Ho pianto molto; ora una pace blanda,

quasi mortale, scende sul mio core.

Parmi di camminare in una landa

vasta, silenzïosa, senza un fiore.

Ma dove, dove, vado? che mai spero

così sola e dolente ne l'intenso

silenzio? Nulla so del gran mistero

che mi circonda, ed altro più non penso.

Il mio pensiero, ch'è dolore, tace;

pietoso tace perchè molto ho pianto:

io vo, come dormendo, in questa pace.

Ed è il mio core un ermo campo santo.

I FIORI...

I fiori: ecco la più grande dolcezza
de la mia vita; anzi forse la sola.
Ha la stanzuccia mia, quasi un'aiuola,
fiori d'olezzo ricchi e di freschezza.

Quanti ne colsi dal ridente piano
de' miei placidi campi, e nell'umile
conscio orticello, sotto il sol d'aprile!
Quanti me ne donò l'amata mano!

Quanti ne vidi rapidi sbocciare
al tocco d'un pennello a me ben noto,
mentre il mio ciglio rimaneva immoto
lungamente, commosso, a rimirare!

I fiori ornâro i miei capelli, quando
esser volli leggiadra per lui solo;
e composi in corone i fior, nel duolo
d'un triste vespero al chiarore blando;

ed essi pur ne l'ore di sconforto
più intenso, con purissimo linguaggio,
mi parlan del passato, e un mite raggio
par quasi illuminare il core morto.

CANTI

Già si scoscende, si dilegua il gelo.

Cinguettano le passere gioconde.

Tornano a frotte disfiorando l'onde

le rondinelle sotto azzurro cielo.

Cantano i rosignoli, cantan ave

in dolcissimo metro ad ogni fiore.

E tu non sorgi, tu non sorgi o core,

a questo universal inno soave?

RAGGI

Ecco, le mani, quelle forti mani

che a seminare si dischiuser lente,

serrano il curvo ferro rilucente,

mieton le spighe cariche di grani.

Rifulgi o sole, su quei capi chini,

bacia le fronti che il tuo raggio imbruna,

le fronti curve a le fatiche; niuna

degna è così dei baci tuoi divini!

PIOGGIE

Egli dicea: M'è così caro udire

scrosciar la pioggia ne la notte, quando

giaccio in lieve sopore, e un sogno blando

sento di già ne l'anima fluire.

Io l'odo ora, la pioggia, strepitare

battendo le vetrate, e, con affanno

penso: – L'ultime rose sfioriranno,

più non potrò l'amata tomba ornare! –

NEVI

Come lontana, o primavera, sei!
E fronde e canti furon sogni brevi.
Scendon continue, scendono le nevi
su i fiori morti; non su i sogni miei.

Nel gelido candore tutto tace,
ogni pianta dormente attende queta;
ed io nel core sento una segreta
impazïenza che non mi dà pace.

VANNO LE NUBI......

Vanno le nubi, vanno, obbedienti

ai venti,

verso l'occaso, e strane forme prendono.

O pellegrine bianche immacolate,

passate

ove sovente il mio pensiero indugiasi,

e scioglietevi tutte in lieve pianto.

(Da quanto

tempo non piango, ohimè, sopra quel tumulo!)

Voi li ridesterete i fiori novi,

tra i rovi

de le siepi od a l'ombra de le rigide

croci. (Da quanto tempo, ahimè, non porto

de l'orto

i fiori e quella tomba!) Leggerissime

vanno le nubi, vanno obbedïenti

ai venti.

Ma i voti ed i sospiri miei non odono.

UN ORTICELLO......

Un orticello io so dove sovente

indugia una solinga vecchierella;

da folte siepi è cinto, e nel tepente

april di mille fior tutto s'abbella.

Quando ritorna a l'orto umil la mente,

biancheggiare nel verde vede quella

nivea testa china, mentre lente

van le mani rugose tra novella

foglia la fragoletta ricercando.

All'aura mossa piove sul sentiero

dei peschi la rosata fioritura.

Ama talor posare in questo blando

miraggio l'inquïeto mio pensiero

come in oasi placida e secura.

PARVENZA

Il sole ride, e a stilla a stilla beve

la fresca linfa d'ogni picciol rivo.

Hanno i fiori il color di sangue vivo,

ed acuti profumi, e vita breve.

Ma nel caldo meriggio, come neve

bianchissima, la luna sul giulivo

tripudio passa, qual fantasma privo

di calor e di vita, nube lieve.

Così, anima mia, così tu pure.

Aulisce il fiore de la giovinezza

e non lo guardi, e non t'accorgi, e vai

per vie silenti, solitarie, scure,

chiusa nel tuo pensiero di tristezza,

e dove tendi neppur tu lo sa.

NEL COFANETTO

Rinchiuse ne l'antico cofanetto

mormorano le perle a l'iridate

gemme, (confusamente avviluppate

ad un aurato e ricco braccialetto:)

 Perchè mai così a lungo siam private

di godere il tepor del bianco petto?

E il cerchio biondo: Invan da tempo aspetto

le braccia che sovente ho circondate;

forse quella gentile se n'è ita

lungi sdegnando noi, o nel pensiero

dolcissimo d'amor è tutta assorta?

Ma sotto quelle perle, inavvertita,

giace una crocettina d'osso nero

che susurra: Sia pace, ell'è già morta!

ALBA DI NOZZE

A Sara B...

– È l'alba, sorgi, schiudi la pupilla,
(così l'amore chiama) il desïato
giorno già spunta; sul ridente prato
al primo lume la rugiada brilla. –

E la felice sorge. Immacolato
velo l'avvolge. Come le vacilla
il breve piè lasciando la tranquilla
stanza dove il bel sogno ha carezzato!

Ma già di rosea luce il ciel s'accende,
e la campana mattutina ha un canto
soave e lento, quasi di preghiera.

Ella si lancia, trepida e leggera
nell'ignoto sentier del dolce incanto,
ed una fida mano a lei si tende.

PER NOZZE

A Lavinia B......

Da l'orto, dove ancora qualche rosa
si schiude, ne la pace dell'intenso
silenzio, te gentil fanciulla penso
ne l'ampio nel diafano di sposa.

Io penso: – Questo sol d'autunno mite
agli occhi suoi felici, oh di che viva
luce risplenderà! L'alma giuliva
vede sorrisi pur ne le sfiorite

cose. – E scorgerti parmi in un lontano
vïale. Passi. Visïone! Il giglio
men candido è di te. Curvato il ciglio
l'anello miri ne la bianca mano.

Come su la tua fronte, olezza il fiore
d'arancio! Ottobre langue già, leggera
brezza spira; ma a te la primavera
canta ed esulta ne l'ingenuo core!

L'ORTO

Al Conte Nerio Malvezzi

È questo l'orto; e il vecchio pero è questo,

quel pero che cantai triste nel gelido

autunno, voi sapete; ed or è l'ultimo

che si ridesta dal sopore mesto:

gli altri..... oh guardate i vaghi intrecciamenti

delle rame fiorite bianche e rosee

tra cui del ciel traspare un lembo tenue.

Ecco il vïal che spesso a passi lenti

percorro con le mie dolci sorelle:

da quegli archi di rose, a maggio, scendono

sovra le nostre teste a cento i petali,

noi pensiamo, passando sotto quelle

carezze olenti, i sogni già sfioriti.

E presso il muro verdeggiante d'edera,

sotto i susini riposiamo, i fiammei

tramonti a contemplar da l'ombre miti.

Udite che silenzi han gli orti umili?

Quì, nel fido recinto, che a le trepide

mie spemi arrise, che blandì le lagrime,

che mi ha dettati i canti più gentili,

or si ritempra l'anima accasciata.

Quì leggo, e talor prego, quivi i pallidi

vespri, sovente sola mi sorprendono

a coglier fiori ad una tomba amata.

IL PARAVENTO

Ne l'atrio dove penetra il concento
degli augelli, ed irrompono sospinte
da brezze, foglie secche, il paravento
antico, l'ali immobili dipinte

stende. Sovra la tela scoloriti
s'intrecciano i rabeschi, e (dolci oasi)
tre paesaggi hanno sorrisi miti.
Sovente in lor m'affiso a lungo, quasi

dal ponticel, da le case tranquille,
da le colline, mi venisse arcano
flebil eco di voci, canti e squille,
od olezzi d'un maggio assai lontano.

Ma più che fiori le remote nevi
penso, e di lucernette al tremolare,
sul paravento parmi scorger lievi
l'ombre dei nonni curve al focolare.

LEGGENDO

UN ODE DI CARDUCCI

NE L'ORTO

Ascoltavamo immobili, ammirando,

leggere l'ode nova, a l'ombra mite

di due vecchi susini. A quando a quando

piovean foglie ingiallite.

O chiesa di Polenta, celebrata

in sublimi cadenze armonïose,

a l'aura lievemente profumata

da le morenti rose!

Volavano le strofe tra le piante

semplicette de l'orto, e le nostre alme

avevano visioni pure e sante

di antichi templi e calme

cime. Suonar mi pare ognor la grave

voce che recitava le parole

fervidamente! Fu l'estrema un ave

e tacque, ed era il sole

verso l'occaso già. Note campane

cantavan la preghiera consueta,

echi parevan quasi di lontane

ettadi. Ne la queta

ora, di qual dolcezza fu colmato

ogni cor dal soave e forte canto!

Oh non fosse giammai giammai sfumato

quel vespero d'incanto!

CONVALESCENTE

I

Alfine i verdi amici ho riveduto!
Alti e frementi sotto il ciel di maggio,
gli alberi noti, al mio lento passaggio,
ebbero tutti un cenno di saluto.

Ed io premendo il morbido velluto
d'erbe novelle, e rialzando al raggio
del sol l'esangue fronte, il mio servaggio
ho ripensato ne l'ambiente muto.

Quando in preda al malor, sovra le piume
stesa, guardava fuor de la vetrata
dondolare la cima dell'abete;

ed ora preso il cor da irrequïete
brame, fin che lucea la prima usata
stella: posavo allora al dolce lume.

II.

L'aere profumato da le rose
or or mi cinse con gentil amplesso:
ad ogni pianticella sostai presso,
carezzai le corolle rugiadose.

Sussurravano forse in un sommesso
accento: Eccole alfine le amorose
provvide mani che nell'ore afose
di limpidi acque ce' irrorâr si spesso!

Mi parve (oh dolcezza!) un lieve oblio
le memorie avvolgesse e meste e liete,
e quasi in sogno visse il core mio.

O fiori fiori! Il mio sorriso siete.
Per voi credetti mi aspergesse Iddio
l'anima con la pura onda di lete.

NEL PASSATO

– Di sotto il giogo di memorie care
china la fronte è dolce il ricordare –

S. Ferrari

Eravam soli, mi rammento, il giorno
moriva già nel vespero quïeto.
Di folte piante ci serrava intorno
un largo cerchio, ed in atto discreto

ascoltare parean immobilmente.
Egli parlava; china avea la testa,
chine le ciglia, fise al pazïente
lavoro; ed io guardavo quella festa

di coralli passar fra le sue dita,
e alinearsi lungo il sottil filo,
e su l'alta muraglia rivestita
di foglie disegnarsi il bel profilo.

Come fu completato il vezzo, sorse
il bruno capo e il ciglio luminoso:
non però prontamente a me lo porse,
ma indugiando gentile ed amoroso

lo sfiorò prima con le labbra. Intanto
nel cielo scolorito, riluceva
la prima stella. Forse del mio pianto
futuro ell'era conscia, e compiangeva.

45

SUL VENTAGLIO

DI UNA BAMBINA

46

a Cinta

Questo ventaglio, candido

come il tuo picciol core,

ti porti d'ogni fiore

l'olezzo più recondito.

Siccome un'ala s'agiti

di farfalletta, bianca,

s'agiti a dritta, a manca

del tuo bel viso florido

Muova e scompigli i riccioli

su la fronte di neve,

a l'aura lieve lieve

le nubi si dileguino.

I sospiri disperdere

sappia da la tua bocca,

rosellina non tocca

ne l'aurora purissima.

ALLO SPECCHIO

Tra la fluente treccia bruna, un bianco

fil serpeggia; la spera

lo rivela sincera.

E la dama sorride, (ma qual stanco

sorriso!) e pensa: Che importa omai?

Non vedranno imbiancare

queste chiome, le care

pupille in cui felice mi specchiai!

L'ORA SEI TU....

L'ora sei tu, sei tu la benedetta

ora che palpitando

trepida attesi, quando

giungevi apportatrice di letizie,

di carezze, d'amore!

Con l'aureo fulgore

d'un raggio mi chiamavi a la finestra,

ed io venivo al sole,

e fiorivan parole,

di speranza e sorrisi a le mie labbra.

Ma tu ratta passavi,

così ratta! e portavi

teco quei fior de l'anima bambina,

e l'alta poesia

d'un sogno, e de la mia

vita l'essenza. Ma sei tu ben quella

ora dolce e serena?

Ti riconosco appena!

Come languido il raggio che ti scorta

mi appare! Come lento

il tuo cammino! Sento

che la mia giovinezza a poco a poco

involi. E pur l'affranto

core non ha un rimpianto!

EPISTOLARIO

I.

Alla Duchessa d'Este

Dolce fanciulla, mentre a te la vita

con la bellezza arride e coll'amore,

le rose invochi a questa scolorita

fronte che piega al soffio del dolore.

Invan! Profonda troppo è la ferita

che m'ha piagato il giovinetto core,

nè da balsamo alcun sarà lenita

mai. No, pietosa, un solo fiore

per l'alma che dispera non ha maggio,

non ha più sogni per un cor infranto;

nè risplendere può d'amore un raggio

negli occhi ch'hanno lagrimato tanto.

Il fato a me segnò triste vïaggio,

ma forse altrove fiorirà il mio pianto.

maggio '96

a N. M.

Nel silente orticello, assorta e sola,
penso, del pozzo assisa presso il margine,
a la vostra parola.

Or non lagrimo più; mi struggo in questa
calma infinita. Ad un cenno immutabile,
vinta, curvai la testa;

or non lagrimo più, Non ho desiri,
nè speranze, nè sogni. Vive l'anima
di memorie e sospiri.

Pensatemi così, sempre: seduta
sul margin d'un abisso profondissimo,
misterïosa e muta.

agosto '97

III.

a lo stesso

Buon amico, sovente,

(non v'ingannaste, è vero)

quasi inconscio il pensiero

viene a voi dolcemente;

allor che armonïose

cantano le campane,

allor che le lontane

nubi pingonsi a rose.

E mi duol, molte sere,

che meco l'infinito

cielo tutto fiorito

non possiate vedere;

che non possiate queste

udir squille sonore,

che dicono il dolore,

le preghiere, le feste.

Non v'ingannaste, è vero,

amico, ben sovente

viene a voi dolcemente,

quasi inconscio il pensiero.

8 settembre '97

IV.

a Jolanda

Torni dunque domani
o sorella diletta!
Come qui tutto aspetta
le tue piccole mani!

Nel salotto deserto,
su la tavola ingombra
di gingilli, ne l'ombra
è un libro ancor aperto.

La poltroncina aurata
tra le cui fide braccia
t'abbandoni, una traccia
tenue, profumata

ancora serba. Trovo
le coppe vuote: omai
per poco; tu verrai
a colmarle di nuovo.

Ti vedrò lenta uscire
per la messe odorosa,
sotto un cielo di rosa
di già presso a svanire,

ed entrare recando

i fiori appena colti.

Or ne sbocciano molti

ne l'orto, a questo blando

sol di settembre. Vieni,

vieni cara e diletta:

qui tutto chiede e aspetta

gli sguardi tuoi sereni.

Alfin non sono vani

sogni (dolce pensiero)

son desta, ed è ben vero

che tornerai domani!

settembre '97

V.

a L. A. V.

Ove, amico carissimo,

ove dei vostri detti ora portate

il benefico fascino?

Voi siete come il tepido

raggio per cui si levan le curvate

corolle dopo un gelido

soffio. Perchè incredulo

sorridete? Non v'accorgeste quanto

s'alleggeriva l'anima

mia, vinta da la placida

vostra parola? Dopo lungo pianto,

dopo infinite tenebre,

forse la luce! Un tenue

lume d'alba rischiara il mio sentiero;

voi l'accennaste ai deboli

occhi che nol vedevano,

di cupa notte volti al gran mistero.

Or prosegue ad ascendere

con nova lena il ripido

cammino faticoso, e pur soave

a tanti cori ingenui,

Ma voi, voi questa piccola

anima mia non oblïate. Ave.

Io vi penso o carissimo.

2 ottobre '97

VI.

57

a lo stesso

Amico mio, per voi questa mattina

colsi l'ultima rosa;

pendea pallida e china

quale una pensierosa

testa dolente. Coronata ell'era

di pure stille; ancora

il pianto de la sera

serbava e de l'aurora.

Ma vidi tosto al tocco de la mano

la corolla sfiorire

siccome sogno vano.

Or voglio rïunire

i petali rosati in questo foglio

che viene a voi, gentile

diletto amico; voglio

de la rosa d'aprile

mandarvi (mentre già l'inverno avanza,

cinto di nevi e brine)

la soave fragranza.

Restano a me le spine.

5 dicembre '97

PAGINE MUSICALI

Quand on perd, par triste occurrence,

Son espérance

Et sa gâité,

Le remède au mélancolique

C'est la musique

. . . .

DE MUSSET

PRELUDIO

I.

Canta giocondamente ne la festa

de le rame fiorite, il cardellino.

L'aurora splende, il piccolo giardino

sotto i roridi baci si ridesta.

La giovinetta l'erbe già calpesta

sazia di riposar fra il bianco lino.

Passa, ne l'aura pura del mattino,

come fior di gaggìa bionda la testa.

Forse fu un sogno intensamente lieto

che sì per tempo il sonno le ha fugato

dagli occhi belli? o il baldanzoso canto

de l'augelletto? o un palpito segreto?

O pur le preme il core uno spietato

triste presagio di futuro pianto?

ANDANTE

II.

Pel sentiero che sale a le colline

due gentili fanciulle vanno, sole.

Proteggon l'ombre d'una le corvine

chiome, quelle de l'altra accende il sole.

Le trecce sfioran l'erbe, quando chine

indugian raccogliendo le vïole,

presso il rio, fra la siepe irta di spine.

La bionda nel fulgor muove carole,

e canta, e sogna già l'azzurra vesta

per la danza di mammole adornata,

e gli sguardi d'amor. Tace la bruna

andando lenta, e immagina la mesta

tomba del suo diletto inghirlandata

biancheggiar sotto il bacio de la luna.

VARIAZIONI

III.

Il giovine signor, la man gemmata

con gesto lento a la gran fiamma stende,

nell'avido camin tosto s'incende

l'ultima letterina profumata.

Del cofano giá vuoto, spalancata

è la bocca; seppe egli le vicende

di tanti cori deboli; ed apprende

ora i dolci segreti la fiammata.

Crepita rosseggiando il trionfale

pennacchio ardente, e guizza, le parole

rivelando dei fogli inceneriti;

e voci dolorose, liete, miti,

escon ratte, confuse. Di vïole

un lieve odor dal cofanetto sale.

IV.

Deserto è il salottino giapponese

ingombro di gingilli o di tazzine;

sul tappeto una ventola di trine

giace; languono ancor lampade accese.

Due soffici poltrone, assai vicine,

paion narrarsi futili contese

e parole d'amor, poc'anzi intese

da due giovani bocche porporine.

Un assiduo maligno mormorare

fanno le mosche ne l'aerea danza.

Sono schiusi i balconi, la quïeta

canzone il mite grillo fa trillare.

Eccoli: s'ode un passo nella stanza

attigua, ed un fruscio lieve di seta.

ALLEGRETTO

V.

Presso la fonte parlano d'amore

fidenti e lieti i giovinetti amanti.

Egli, nel volto bruno, scintillanti

gli occhi: Ella, soffusa di pallore,

chine le ciglia. Un tenue tremore

hanno le foglie intorno. Paion canti

di genietti quell'acque zampillanti

del tranquillo meriggio a lo splendore.

Un gorgheggio risuona di repente,

e oscilla poco lungi l'esil ramo

che ricovera il nido già tepente.

Del rosignolo al querulo richiamo

Ella il bel capo leva; Ei dolcemente

le sussurra commosso: Come t'amo!

TEMPO DI BARCAROLA

VI.

Piove nimbi siderei la luna.

Erra pel mare una vela soletta,

e par da un'ala candida protetta

del pescator la vecchia barca bruna.

Queto egli dorme, e sogna la diletta

vergine spenta; attorno gli si aduna

di sirene una schiera, ma nessuna

è bella come Lei che al core ha stretta.

Cantan le ninfe; dolce si diffonde

la musica divina; ognuna porta

perle e coralli fra le chiome bionde

della fanciulla inanimata e smorta;

mentre incessanti, cupe, intorno l'onde

ripeton gorgogliando: È: morta, è morta!

SALTERELLO

VII.

A tarda notte il vecchio ciabattino
batte il martello a lavorare intento.
Da la parete langue un lumicino,
un grillo stride a tratti sonnolento.

Il capo stanco resta a lungo chino:
s'insinuano i sogni a tradimento;
chi gli porge un anello di rubino
chi una coppa ricchissima d'argento;

e ridendo ridendo degli inganni
gli sussurran: – Sei giovin, ricco, amato,
che più indugi? La dama attende al ballo! –

Ed agitan in ridda pazza i vanni.
Ma alfine il diavolio viene troncato.
Corrono in fuga i sogni. Canta il gallo.

SUONANDO

UNA BERCEUSE DI GODARD

a Umberto Gigli

Penso una cameretta umil nel pallido

chiaror del vespro, ove una madre china

su la culla del bimbo veglia. Trepida

quell'alma tutta a la speranza inclina.

Ma la parola del destin, terribile,

minaccia la capanna. Ascolta al vento,

la vegliante, da lungi il bosco fremere,

e scoppiettar il fuoco semispento;

nè questi detti ell'ode: – Già da secoli

scritta con altre sta la tua ventura,

e non sarà che pianti e preci mutino

tale decreto, fragil creatura.

Affannoso cammin, angoscie, lagrime,

avrai, debole core! – S'addormenta

il fanciullino ne la culla tepida,

ed una nenia gli ricanta lenta

la madre; esce la voce un poco tremula,

e la canzone par preghiera e pianto.

Sommessa, così canta: – Dormi piccolo

re de la casa, che nel cielo, intanto,

s'aprono mille occhietti ardenti, e guardano

la tua testina d'oro che riposa.

De la tua mamma le preghiere salgono

per la volta stellata luminosa;

salgono le preghiere fino agli angeli,

salgono a favellar del figlio mio,

e fior, soltanto fiori farà sorgere

sul suo cammin benignamente Iddio. –

Ancora si ripete, e più inflessibile,

la sentenza del fato. L'ombra pare

popolata di larve che s'aggirino

gemendo intorno al queto focolare.

E la voce materna, tenerissima,

riprende il canto ch'è preghiera e speme,

indi si tace, e lungamente vibrano

nell'aere le dolci note estreme.

LA ROMANZA

I.

Con mestissimo accento
dicono i primi accordi
del cembalo: Ricordi?
Fremere il core sento!

Sonno. La man nervosa
il vïolino stringe;
Un fuoco interno pinge
le mie guancie di rosa.

Vola nell'aer muto
un doloroso canto,
uno scoppio di pianto,
un disperato acuto

grido. All'agitazione
crescente, una lontana
parola, porge vana,
blanda consolazione.

Il dolor è più forte,
il dolor non ragiona;
un singhiozzo risuona,
un appello a la morte.

A mano a man la quiete

succede; il pianto cessa,

ma la querela istessa

l'eco fedel ripete.

E una voce s'effonde

calma, che prega pace

a chi prostrato giace.

Sfuman de' suoni l'onde.

SCHERZO

II.

Ne l'antro tetro le streghe soffiano

sul focolare, soffiano, soffiano.

Qualche scintilla n'esce,

una fiammella cresce,

cresce e s'innalza: sinistra e tremula

luce rossastra la volta illumina.

Su le faccie un letale

appar ghigno infernale.

Indi le braccia vellose intrecciano,

e intorno al fuoco saltano, saltano.

Ne l'ombra un gatto nero

guarda grave e severo.

I serpentelli svegliati fischiano,

fischiano, strisciano molli e s'allacciano

in strano aggruppamento.

A un tratto il fuoco è spento.

Un cavaliere, nel volto pallido,

giunge, e con esso penetra un languido

raggio di luna. Mute,

stanche, cadon sedute

le vecchie, e intente gli orecchi tendono.

Lo sconosciuto parla; dolcissima

è la voce che dice

una storia infelice,

e chiede, trepida, quel filtro magico

che sopra il core fa ognor discendere

l'oblio. (Tosto sen fugge

il bianco lume, e rugge

di fuori il tuono.) Le maghe scambiano

tra loro un perfido guardo; riaccendono

fiamme. Lo scoppiettio

assorda. – Avrai l'oblio –

strillano; e torno torno riprendono

la pazza ridda. Sul capo giovane

del cavalier che chiese

pace, coll'ali tese

sta un gufo, e guata la fronte cerea

che di sudore mortal imperlasi.

Le streghe urlano a scherno:

– Avrai l'oblio, ma eterno! –

NOTTURNO DI CHOPIN

Op. 15, N.° 3

Presso il balcone aperto
sta la donna, le tenebre
fisa. Queto, deserto
un vasto parco, rorido

di rugiada, si stende
e ne l'ombra dileguasi.
A lamentar riprende
ribelle il cor nel gracile

petto che un affannoso
respir solleva. Trepida,
nel buio misterioso
d'un dubbio, stanca, debole,

ella combatte. Quale
sentier dovrà percorrere?
Come un acuto strale
sta un desiderio fervido

fitto nel cor che vuole
(oh tortura indicibile!)
la sua parte di sole.
Deve, deve ella cedere?

Risponde solo il grave

silenzio. Alfine levasi
la bianca fronte, ed – Ave –
par che le stelle dicano,

e quali occhi lucenti
dall'alto cielo guardano.
Si calma il cor, accenti
di preghiera han le pallide

labbra. Soave, intanto,
dai palpitanti, fulgidi
mondi, il responso santo
scende, ed affranca l'anima.

AU PRINTEMPS DI GRIEG

A Gabriella

Tu non sai, quando ascolto quella musica

dolce ed appassionata, mentre sfiorano

le tue mani gli avori, qual miraggio

io sempre vedo! Sotto ciel di maggio

un giardinetto vedo. Lievi tremano

nove rame fiorite; effluvi salgono

dai petali dischiusi. È un'alta pace

nei deserti vïali. Tutto tace

intorno. Abbandonato al vento s'agita,

palpita intanto il brano d'una lettera

strappata; in essa le immutabili parole

che fur triste sentenza, legge il sole.

Le scolorite cifre che di lagrime

furon bagnate già, la storia svelano;

e in ogni foglia, in ogni filo d'erba,

penetra a poco a poco quell'acerba

pena. Le rose impallidite piegano,

e qualcuna sfiorisce Oh la terribile

strazïante novella, che per tutto

il giardino squallore porta e lutto!

Pare che voci dolorose gemano

ne l'aer luminoso. Ancora un soffio
di vento il fragil foglio move, investe,
e sospinge con impeto a le meste

ombrie di folta siepe. Già l'afferrano
l'acute spine, ed egli, dibattendosi
l'ultima volta, piange la sua vita
che causa fu d'una angoscia infinita!

Alfin s'acqueta il vento. Sta la pagina
tra i rovi lacerata, vinta, immobile.
Tiene il giardino un'alta pace. È sera.
Olezza l'aer mite. È primavera.

PAGINE PIE

– .... Se ogni dolce cosa

M'inganna, e al tempo che sperai sereno

Fuggir mi sento la vita affannosa;

Signor, fidando al tuo paterno seno

L'anima mia ricorre e si riposa

In un affetto che non è terreno. –

GIUSTI.

METAMORFOSI

Ho sognato nel ciel pallido, errante
una nuvola,
una nuvola sola color fuoco;
io la guardavo, ed ella a poco a poco
trasformavasi in croce radïante.

O dolcissimo, immenso amore mio,
che nel giovine
core solo passasti ardendo, omai
mutato in croce, immobilmente stai
nell'anima che tutta è volta a Dio.

FIAT VOLUNTAS TUA

I.

Palpita il core, palpita

per un'ansia infinita.

Segnerà morte o vita

innanzi agli occhi trepidi

un gesto. Inesorabile

sentenza. Nel martiro

dell'attesa, sospiro

e sogno. Rose o gelide

nevi? Sorrisi o lagrime

il destino mi appresta?

Muti a la mia richiesta

i giorni lenti scorrono.

L'alma ne la caligine

si dibatte. O mistero

del domani! O pensiero

di speranza continuo!

II.

Ah no! La fronte giovine
di sogni incoronata,
si curvi. Rassegnata
a la sorte sia l'anima.

E le labbra pronuncino
queste umili parole:
 Dio; se mi vuoi nel sole,
se mi vuoi ne le tenebre,

io verrò, calma, docile,
ugualmente serena;
ma i tumulti Tu frena
di questo core fragile.

Indi, la fronte giovine
coronata di sogni,
si levi, e solo agogni
l'alta vetta purissima.

ASPIRAZIONE

Poi che potè questo povero frale

core non frangersi

nel gran dolore, a quale scopo, a quale

meta serbavalo

la volontà divina? Ah ch'io non viva

inerte e inutile!

Se di dolcezze Dio mi volle priva,

ch'io possa tergere

il pianto che m'accieca, sollevare

la fronte pallida,

e le lagrime mie tutte oblïare

per altre lagrime!

ANNIVERSARIO

Ecco, ritorni, giorno triste, e a quella

tomba lontana non potrò una rosa

oggi portare! La ferita ascosa

nell'intimo del cor si rinnovella!

Ne la casa solinga, ahimè, che cosa

farà la sconsolata vecchierella?

certo trascorrerà piangendo anch'ella

la fatale giornata dolorosa;

e andrà pregando per il suo figliuolo

fra i cipressi dell'umil campo santo,

tutta raccolta in un silenzio pio.

Così riunite nello stesso duolo,

l'anime nostre che l'amaron tanto,

salgono a lui con fervido desio.

23 novembre '95

TACI......

82

Taci, piccolo core, taci, taci!

È l'ora del silenzio; l'ora santa

de la preghiera è questa.

Il ciel s'ingemma di sideree faci,

la terra d'ombre e di mister s'ammanta,

Posa l'anima mesta

ne la quïete, tu potresti forse

ridestarne l'angoscia; ah no, non dire

la fatale parola!

Lascia a l'oblio quel tempo che trascorse

così dolce e tremendo! Rifiorire

non potrà più, una sola

rosa di quella blanda primavera

lontana. Il ricordare omai che vale?

Taci. Il silenzio voglio.

Voglio volgere tutto a la preghiera

l'anelante mio spirito immortale,

d'ogni altra cura spoglio.

IL LIBRO DI PREGHIERE

Piccolo bianco libro,

lo sai, lo sai tu solo

come mi vinse il duolo

in quei giorni tristissimi.

Tu sai con che tremore

ti strinser le mie mani,

e i tentativi vani

che feci per discernere

su i tuoi foglietti brevi

le parole di santo

conforto, chè di pianto

gli occhi mi si velavano.

Questo ed altro tu sai,

piccolo libro bianco.

In te l'alma rinfranco

scorrendo ognor le pagine

che parlano di vita,

e promettono luce

a chi grami conduce

i giorni ne le tenebre,

e per ogni sospiro

prometton mille rose,

e a le fronti dogliose,

chine, dicon – Levatevi! –

Se qualche volta penso:
– Come mai questo core
all'intenso dolore
ha potuto resistere? –

Tu dolce mi rispondi
la parola di Dio:
mistico amico, mio
conforto soavissimo:

mentre fra le tue carte
ricerco (oh ben sovente)
dei fiori secchi, e lente,
lente scendon le lagrime.

PREGHIERA

Dio, che colmare l'anima volesti

di sì grande martiro,

fa che non un sospiro

i nascosi tumulti manifesti.

Fa che allo sguardo buono ed amoroso

che si vela al mio pianto,

tutto il dolor che infranto

il core m'ha, rimanga sempre ascoso.

LA VOCE DE LA COSCIENZA

«Oh tu che preghi, serena e placida

ne la quïeta sera; le piccole

mani in atto implorante

congiunte, dimmi, quante

piaghe curarono oggi, le morbide

mani: se pronte risollevarono

chi s'accasciava, e quali

lavori quelle frali

dita compirono. Se da le tumide

labbra, parole di fede uscirono,

di conforto o di pace.

Si reclinò il vivace

ciglio su i libri? Oppure lagrime

di pentimento l'occhio velarono?

Il tuo cocchio stemmato

ha un istante sostato

a la capanna del miserabile

che muor di fame? Dimmi se il debole

cor nuova forza attinse,

se combattè, se vinse.

Deh pensa, pensa, cerca ne l'anima,

cerca e rispondi sincera. Inutile

fu ancor questa sfiorita

giornata di tua vita?»

LA GHIRLANDA

Era discesa nel roseto all'alba,

per comporre ella stessa, triste e sola,

di fiori appena schiusi una ghirlanda.

E le rose fiorian per ogni banda;

olezzavan le rose in ogni aiuola

soavemente, ne la luce blanda.

Com'ebbe accolta l'odorosa messe

fra i veli de la veste, e ripiegato

in cerchio un ramoscel di salce; bianche

rose per prime rïuniva. Stanche

muovean le mani, lente, al delicato

lavoro. Da le ciglia cadean spesse

le lagrime, ed a la rugiada insieme

lucevan sui recisi fiori a mille.

Pensava mesta: La ghirlanda invano

intesso pel diletto mio lontano,

mirarla non potran le sue pupille,

nè gioirne quel cor che più non freme

Soavemente ogni fronda stormìa:

e rose gialle prese ad intrecciare

ella, e le mani parvero più preste.

 E pur – (pensò di nuovo) saper queste

lagrime può lo spirito suo, s'errare

gli è dato a me d'intorno. Ah così sia!

Un istante le luci a l'orïente

levò; il sorriso de l'aurora vide,

e rosea luce avvolgere il giardino,

ed ai pallidi fior pose vicino

un fiore colorito. Non uccide,

(a pensar seguitò tutta fidente)

morte sinistra, non uccide l'alma,

ma i ceppi tristi pïetosa scioglie.

Non è non è spezzato il nostro amore,

ci s'appura, s'eterna nel dolore,

e sorgerà su le divine soglie!

Ne l'alto cielo azzurro, ne la calma,

dileguava un'allodola cantando.

L'esil cerchio di fior si chiuse colle

rose purpuree dal profumo intenso.

– A te che leggi tutto ciò che penso

(pregò la giovinetta, ancora molle

di lagrime la guancia) raccomando

quell'alma che m'attende lungi, o Dio;

deh non fare che attenda lungamente!

Il serto ne la viva sfumatura

compiuto, ardeva su la veste pura;

ed infiammava il cor casto, innocente,

il supremo ardentissimo desio.

I TRE SALICI

"......e lo chiameranno per nome Emanuele: che interpretato signi-fica: Dio con noi.„

(Evan: di S. Matteo).

Passa, ripassa il vento

vïolento!

Nel parco che l'aprile rinnovella,

han le rame pieghevoli

lunghi sussurri e tremiti.

È notte senza luna,

ed alcuna

stella non brilla. S'ergono appartati

in un gruppo tre salici,

e le chiome confondono

assieme. – Che tormenta!

(Parla al vento

il primo salce) di soffiare cessa;

tra le mie fronde a tessere

ha incominciato un fragile

nido la capinera:

deh, bufera,

non disperdere i tenui fuscelli,

onde il piccolo artefice

non fugga; mi rallegrano

le giornate i suoi canti. –

Incessanti

le raffiche continuano a soffiare.

– Oh vento, vento perfido!

(il secondo degli alberi

lamenta) tu non sai!...

Un assai

prezïoso tesoro ho attorcigliato

ai rami, da una giovine

testa d'oro, nel vespero

l'ho rubato. Più bello

un capello

non v'ha. Risplende al sole come raggio;

noti gli son dell'aureo

capo i segreti frivoli.

Ti dirò tai segreti

se t'acqueti. –

Le raffiche continuano a soffiare.

– Ma tu, fratello (chiedono

stupiti al terzo salice)

che sì tacito stai,

tu non hai

da proteggere alcun tesoro contro

la tempesta terribile? –

(Ed egli:) – Saldo, immobile,

il mio tesor, sul petto

così stretto

mi sta, che la tempesta non pavento.

Udite: mentre fulgido

era il meriggio, un'esile

mano, bianca qual neve,

da un lieve

tremore scossa, sul mio tronco incise

un nome. Il dolce fremito

di quelle dita eburnee,

m'han svelato che amore

in un core

tal nome scrisse incancellabilmente;

e il sole, il sol baciandomi

la ferita novissima

m'ha detto: – Interpretato

questo amato

nome vuol dire Dio con noi. M'udiste?

Io porto un indelebile

segno d'amor, che indica

benedizione. – Tace

ne la pace

de l'alba che già spunta a l'orizzonte,

della bufera il sibilo,

omai. Solo da un agile

lontano campanile

un gentile

tintinnare si spande a la campagna.

Pare che voci d'angeli:

 Iddio con noi ripetano.

LA STANCA

".....se è possibile

trapassi da me questo calice.,,

I.

Alfine, la baldanza disfiorita,

un terrore invadente, non più ascoso,

le fece mormorare: Ahimè, non oso...

(e fu la prima volta ne la vita.)

 Un'ora, un'ora sola di riposo,

pria d'imprendere l'ardua salita!

e tacque, e s'accsciò, stanca, sfinita,

a capo del sentiero doloroso.

Levavasi la nebbia da i pantani,

e il cielo incominciava a scolorare,

era ogni cosa di tristezza pinta.

Ne l'ombra si congiunsero le mani

picciolette, tremanti, ad implorare,

e la testa piegò sul petto, vinta.

II.

Il sonno scese, con carezze lievi

sovra le ciglia roride di pianto,

ed un sogno fluì nel core affranto

recando gigli fra le dita brevi.

Ella una voce udì (soave quanto!)
sussurrarle: Che temi? sorger devi;
vogl'io che la tua fronte si sollevi
illuminata da un pensiero santo.

E vide, da la nebbia di già sgombra,
fiorirle innanzi la pianura estesa,
e sorrider l'oriente colorato.

Questo nel sogno. Intanto densa l'ombra
avvolgea la dormente, e la scoscesa
strada attendeva il piede affaticato.

LA RINUNCIA

PRATI.

Disse: Lungo il cammino non coglierò le rose,

le rose che profumano,

e molli si protendono.

Andrò per strade brulle, deserte, faticose,

e queste mani solo per regger chi vacilla

si tenderanno. I deboli,

i derelitti, i poveri,

m'accenderanno in core la divina scintilla.

A chi piange e dispera, sussurerò parole

consolanti, e la fulgida

visïone purissima,

d'un bene, vanamente cercato sotto il sole,

essi vedran, e meno tristi, meno infelici,

trascineranno i pallidi

giorni. Ch'io possa tergere

molte lagrime, o Dio! Tu guida, benedici

questi trepidi passi. Non coglierò le rose,

le rose che profumano.

A me la via difficile.

Questo disse, seguendo dive orme luminose.

L'ULTIMA PAGINA

L' ULTIMA PAGINA

(DAL DIARIO)

Erano bianchi fogli immacolati,

e la sorte, attendean avvinti insieme;

omai la mano che la penna preme

ad uno ad uno tutti li ha vergati.

L'ultima or scrive. Di che ingenua speme

favella il primo! Come son sfumati

i sorrisi avanzando! I desolati

giorni li san le paginette estreme.

Vale, piccolo libro! Questo il canto

sarà del cigno, o il fior che a le rovine

timidamente spunta ancora accanto.

Vale, libro de l'anima! Le chine

pupille mi si velano di pianto.

Ahi quanto triste è la parola fine.